IL CASTELLO DELLA PAURA

www.battelloavapore.it

Per l'edizione italiana

www.edizpiemme.it

I Edizione 2014

ISBN 978-88-566-3631-4

Introduzione ed epilogo di Pierdomenico Baccalario

Progetto e realizzazione editoriale: Atlantyca Dreamfarm s.r.l., Italia

Stampato presso ELCOGRAF S.p.A. - Stabilimento di Cles (TN)

Anna Vivarelli

UN GIOCO PERICOLOSO

Illustrazioni di
Edwin Rhemrev

PIEMME

Miei Cari
e Sfortunati Visitatori,

se qualcuno Vi ha consigliato di fare una gita nella Valle Buia, sappiate che Vi ha fatto uno scherzo a dir poco terribile!
Che io ricordi, da queste parti non si è mai visto un giorno di sole, ma solo schianti di tuoni, vento ululante e un maligno scrosciare di pioggia. Se però, come vedo, Vi siete già avviati, non Vi resta che superare la Torre dell'Impiccato, raggiungere il bivio dei Tre Fantasmi, girare a sinistra ed ecco che, se uscirete mai dall'intricatissimo bosco che si estende oltre il sentiero, arriverete finalmente al Castello della Paura.
Naturalmente, non è questo il suo

vero nome, ma gli abitanti della Valle Buia lo chiamano così, almeno da quando i suoi proprietari (tutti i suoi proprietari) sono morti in circostanze terribili. Siamo rimasti solo io, Alfred, il maggiordomo, e questa canaglia di Percy, il corvo che mi segue mentre spolvero ciò che resta delle vetrinette del salone.

Levati di lì! Percy! Lascia stare quelle barchette!

Come non detto: una delle barchette si è inclinata sul piedistallo. È dipinta a mano, con il nome Sophie scritto appena sotto la prua. Un piccolo gioiellino, dico io, come il modellino gemello, che ha nome Guillaume. Sono quasi tutti modellini pregevoli, tranne forse questa barchetta con le vele sbrindellate. Sì, Percy, sbrindellate, per l'appunto…
Ma dai retta a me: la storia di questa barchetta è mortalmente noiosa. Saranno cinquant'anni che nessuno ne parla più. Quei due nomi, Sophie e Guillaume, erano nomi di bambini, allora. Chissà

cosa ne è stato di loro... Come dici? La barchetta malconcia? Oh, sì, anche quella era stata di un bambino, una volta. Si chiamava... se ben ricordo... Mathieu... L'annoiatissimo Mathieu.
Ma fammici pensare un po' meglio, Percy!
Se non sbaglio, la storia di Mathieu iniziò un pomeriggio d'agosto, quando i suoi amici decisero di giocare a nascondino... E poi... Ah, ora ricordo!
Poi arrivò il temporale.

Fuori dal finestrino scorrevano selvagge scogliere di granito rosa a picco sull'oceano Atlantico. Ma nonostante il paesaggio suggestivo, Mathieu non era interessato alle bellezze naturali della costa bretone: stava pensando a un modo per sopravvivere nei giorni successivi. Il programma prevedeva un interminabile viaggio in macchina con i genitori, entrambi insegnanti, alla scoperta di piccole chiese rurali e di architetture medioevali. Un vero incubo.

In quello stesso momento, probabilmente il suo compagno di banco Fabien stava sguazzando fra le onde da qualche parte in Costa Azzurra, e la

sua amica Sabrine stava divertendosi con l'odioso Nicolas in un luogo imprecisato dell'Italia, perché i loro genitori si conoscevano da sempre e spesso passavano le vacanze insieme.

Mathieu riceveva pochissimi inviti e ne faceva ancora meno, perché papà e mamma non volevano ragazzini tra i piedi. «Ci bastano già quelli che vediamo tutti i giorni a scuola» brontolavano. E comunque, chi mai avrebbe accettato di condividere con lui un viaggio simile?

La voce monotona di suo padre sciorinava nomi di luoghi e di santi, con l'aggiunta di date quasi sempre precedute da un enfatico: «Sembra probabile che il bassorilievo che vedremo fra poco risalga al secondo decennio del...».

Mathieu sentiva le palpebre farsi pesanti, ma guai ad appisolarsi. Ogni volta che, sbirciando nello specchietto retrovisore, suo padre lo sorprendeva addormentato, esclamava con voce tonante: «Il ragazzo non ha interessi, checché tu ne dica, Lorraine!». In quei casi, la mamma annuiva e scuoteva la testa rassegnata.

In realtà Mathieu di interessi ne aveva, solo che fra quelli non rientravano le abbazie del dodicesimo secolo, e neppure quelle del secolo precedente.

Qualche settimana prima, mentre i suoi genitori stavano mettendo a punto l'itinerario del viaggio studiando guide, cartine stradali e confrontando i prezzi degli alberghi sul web, Mathieu aveva provato a suggerire che magari, nel frattempo, zia Hélène avrebbe potuto ospitarlo in campagna. Zia Hélène e zio Armand avevano un'enorme cascina nel Beauce, con i cavalli e i pavoni e perfino una capretta di nome Jasmine. E poi erano gentili: non lo sgridavano mai, non controllavano quanto mangiasse, né se fosse andato avanti con la lettura serale. Figuriamoci: da zia Hélène, d'estate, si stava alzati fino a tardi e di libri e studio non si parlava proprio. Certo, anche quella soluzione presentava qualche difetto: i suoi cugini, due gemelli di un paio d'anni più grandi e quindici centimetri più alti, avrebbero trovato ogni giorno il modo di mostrargli quanto poco fosse portato per le mille attività sportive in cui invece loro eccellevano. Rimarcare la sua

inferiorità fisica era il loro passatempo preferito durante le riunioni familiari.

Ma tutto sarebbe stato meglio di quel viaggio culturale in compagnia dei suoi genitori. Alla sua timida proposta di autoinvitarsi dagli zii, però, papà e mamma avevano spalancato gli occhi e si erano guardati l'un l'altra increduli. Loro detestavano lo stile di vita degli zii campagnoli. «Hai l'opportunità di vedere cose in-te-res-san-tis-si-me e preferisci passare una settimana in mezzo alle zanzare e alla puzza di sterco?» Be', non l'avevano proprio *detto*, ma sicuramente era quello che avevano pensato. Idea bocciata con un semplice battito di ciglia.

Così ora eccolo lì, ad appena un giorno dalla partenza, già stanco di abbazie e conventi e statue e gargoyle.

«Ancora nove giorni, poi torniamo a casa» si disse Mathieu nel tentativo di regalarsi un frammento di ottimismo, mentre la testa si faceva pesante.

Si svegliò solo quando la macchina si arrestò bruscamente in un piccolo piazzale coperto di ghiaia: erano arrivati all'*Hotel du Calvaire*.

– Scendi o preferisci restare a dormire in macchina? – chiese suo padre.

– Non sai che meravigliosi paesaggi ti sei perso, Mathieu – si sentì in dovere di aggiungere sua madre. – E dire che stanotte hai dormito quasi dieci ore!

– Ho una fame tremenda – annunciò Mathieu per cambiare discorso. E comunque era vero: erano le due passate e il panino al prosciutto della colazione era ormai un ricordo lontanissimo. Afferrò il suo zaino e scese dalla macchina.

L'insegna *Hotel du Calvaire*, bianca e blu, campeggiava sulla porta a vetri. Il posto era grazioso, ma il nome, pensò Mathieu, sembrava il titolo della sua vacanza.

Nonostante il silenzio all'esterno, dentro il locale era rumoroso. Voci e risate giungevano mischiate a profumi di cibo, e Mathieu sperò che alla piccola reception arrivasse in fretta qualcuno. Speranza vana, perché dovettero aspettare parecchio e suo padre, poco paziente per natura, aveva già borbottato un paio di volte che se il buongiorno si vedeva dal mattino, il servizio all'*Hotel du Calvaire* non doveva essere granché.

«Speriamo che non gli venga in mente di ripartire!» supplicava Mathieu dentro di sé.

Dopo parecchi interminabili minuti, comparve una signora rotonda e rosea, con un grembiule a quadretti e la faccia sorridente. – Bene arrivati! Sono Madame Claire e voi siete…

– Laurent. Abbiamo prenotato una stanza per tre persone.

– Benvenuti! Vi ho riservato una bella camera con vista sul giardino – annunciò la donna. – Ma se desiderate pranzare, rimandiamo a dopo le formalità. Lasciate qui i bagagli e accomodatevi in sala. La cucina chiude fra poco meno di mezz'ora.

Finalmente! La zuppa di crostacei era squisita, e la crêpe alla marmellata magnifica.

«Almeno, per i prossimi due giorni mangeremo bene» si consolò Mathieu.

Mentre i suoi genitori aspettavano il caffè, Mathieu si guardò intorno. Nel tavolo alle sue spalle, due ragazzini della sua età, evidentemente fratelli, lo stavano fissando. Il più grande accennò un saluto, poi afferrò l'altro per un braccio e lo trascinò fuori.

– Ci stanno aspettando! Vuoi sbrigarti sì o no? – lo sentì urlare Mathieu.

Passarono il pomeriggio a visitare chiese, cimiteri e calvari che, come Mathieu scoprì, erano gigantesche sculture di pietra piene zeppe di statue, croci, carri, simboli vari, che si ergevano su grandi basamenti di granito. A quanto pareva, ogni chiesa della zona ne possedeva uno. A Mathieu sembravano tutti uguali, ma evidentemente non lo erano, perché ogni volta suo padre e sua madre li osservavano pezzo per pezzo, puntando il dito sulla figura piegata di un mercante, di una donna piangente, di un soldato armato.

Quando tornarono in albergo, Mathieu era distrutto. Salendo in camera, scoprì che il giorno dopo li attendevano altri calvari, uno più spettacolare dell'altro.

DUE

La colazione dell'*Hotel du Calvaire* era all'altezza della cena: una cioccolata deliziosa e un cestino stracolmo di croissant tiepidi e burrosi. Mathieu stava assaporando gli ultimi momenti piacevoli, e intanto coccolava l'idea di portarsi via un paio di brioche. In fondo non c'era nulla di male, no?

I suoi genitori erano andati da Madame Claire a ritirare il cestino da picnic: l'idea era di mangiare lungo la strada, per non perdersi neppure una chiesetta con relativi manufatti artistici e cimitero annesso.

Dopo una rapida occhiata in giro, Mathieu afferrò

dalla tavola un tovagliolo di carta, ci mise dentro due croissant e lo nascose velocemente nello zaino di tela. Rosso in faccia per la trasgressione, alzò lo sguardo e vide Madame Claire che, con un grosso cesto in mano, discuteva animatamente con papà e mamma; indicava i ragazzi all'altro tavolo, poi il sole fuori dalla finestra e infine lui.

«Mi hanno beccato!» pensò in preda al panico. Ecco che avanzavano tutti e tre: il momento della vergogna era imminente.

– In una giornata così bella, potrà stare all'aria aperta e giocare con i suoi coetanei! – stava dicendo Madame Claire. – Quelli sono i figli di Monsieur Fournier, che fa il dentista a Nantes... Due ragazzini simpaticissimi! Ogni giorno si ritrovano con i miei nipoti e i loro amici. Una bella combriccola! E a pranzo servirò a tutti una bella bistecca con le patate fritte e una torta di mele che fa resuscitare i morti.

La mamma era palesemente imbarazzata. – Ma... non so se possiamo disturbare...

– Quale disturbo? È stata mia l'idea!

– Bisogna però vedere se mio figlio...

– Oh, insomma, basta chiederglielo! Ti andrebbe di restare qui a giocare con Marcel e Patrick? Se invece preferisci andare a visitare le parrocchie... nella regione ne abbiamo di magnifiche, non c'è che dire! – concluse la proprietaria dell'albergo strizzando l'occhio a Mathieu.

– Ecco io...

– Decidi cosa vuoi fare, ma in fretta! – intimò papà. – Tanto, per quel che ti interessa l'arte...

– Resterei volentieri, in effetti... – balbettò Mathieu. Tutto era meglio di una giornata intera in mezzo a tonnellate di vecchie pietre ricoperte di muschio.

– Allora siamo d'accordo – esclamò trionfante Madame Claire. – Madame Fournier! Il ragazzo... come ti chiami? Mathieu? Gran bel nome! Mathieu resterà qui a giocare con Marcel e Patrick.

– Bene, benissimo! – trillò Marie Fournier continuando a sfogliare una rivista di pettegolezzi.

– È veramente gentile da parte sua – ringraziò la mamma. – Spero che mio figlio non le dia troppo disturbo...

– Oh, per questo non si preoccupi! – assicurò la signora alzando un attimo lo sguardo dalla rivista. – Io passerò la mattinata a curiosare in un mercatino dell'antiquariato, e nel pomeriggio contavo di andare dal parrucchiere a Rennes. Mio marito è atteso da tre amici sul campo da golf e immagino che lo rivedremo per cena... – ridacchiò.

– Ah be', allora non so se è il caso... – cominciò a dire papà.

– Che pericoli volete che ci siano? Il paese è tranquillissimo, vero Madame Claire?

– Assolutamente – rispose lei. E con un ampio gesto della mano, fece intendere che per lei il discorso era chiuso. – Nel cestino vi ho messo due bei pezzi di pollo in gelatina e due fette di torta: sentirete che bontà!

Mathieu non riusciva quasi a credere alla sua fortuna: gli era stata lanciata una corda sull'orlo del precipizio, per quel giorno era salvo.

Era evidente che sua madre stava pensando che i signori Fournier erano due genitori ben poco attenti, e che oziare per mercatini o colpire palline con mazze di ferro erano occupazioni inutili e frivole, ma papà era già sulla porta della sala da pranzo, impaziente all'idea dei cento bassorilievi che lo attendevano.

– Divertiti! – mormorò la mamma.

Marcel aveva intimato a Mathieu di sbrigarsi.
– Per prima cosa dobbiamo raggiungere gli altri. Cédric detesta aspettare. Tutte le mattine ci troviamo al vecchio lavatoio e decidiamo cosa fare.

– Il programma di oggi prevede le barche – puntualizzò Patrick.

– Giusto. Come te la cavi con le barche? – chiese Marcel.

Barche? Nelle vicinanze della cascina di zia Hélène c'era un lago limpidissimo, e zio Armand e i suoi amici andavano a pesca di lavarelli, che poi venivano arrostiti sulla griglia. E qualche volta avevano coinvolto anche Mathieu, che si era dimostrato un pescatore paziente e silenzioso, quindi più che discreto. Ma la pesca c'entrava con le barche?

– Io... sì, me la cavo abbastanza.

– Ottimo. Io vado fortissimo, mentre Patrick è una vera schiappa.

– Schiappa sarai tu.

– Quand'è l'ultima volta che hai vinto? – ridacchiò Marcel mentre marciavano a passo veloce verso il lavatoio.

Mathieu conobbe Cédric, figlio del sindaco del paese nonché capo indiscusso della compagnia, suo cugino Bernard, che era alto come un adulto e non sembrava particolarmente sveglio, e poi Guillaume, che era il nipote di Madame Claire, e sua sorella Sophie, l'unica femmina della combriccola ma anche, da quel che capì subito dopo, la proprietaria della miglior barca della zona. Già, perché si trattava di modellini di legno che Guillaume e Sophie conservavano dentro un capannone non lontano da lì, vicino al fiume, di proprietà di Madame Claire. Dentro c'erano anche due o tre barche vere, dai colori vivaci, che gli ospiti dell'*Hotel du Calvaire* usavano talvolta per le gite.

La distribuzione dei modellini fu lunga e laboriosa perché, a parte Sophie e Guillaume che

possedevano le loro barchette personali con tanto di nome dipinto sulla fiancata, gli altri avevano a disposizione una decina di modellini, alcuni in buone condizioni, altri molto meno. A Mathieu fu assegnata una barchetta parecchio malandata, con le vele sbrindellate e la vernice scrostata. Il lato positivo, però, era che non doveva fare quasi nulla: in un ruscello che partiva dal fiume e scorreva lungo un pioppeto, le minuscole vele afferravano i leggeri soffi di vento, accompagnate da urla di incitamento. La barca di Mathieu arrivò ultima, ma nessuno fece commenti.

Dopo la regata, si spostarono tutti nel villaggio senza passare per la strada provinciale, bensì attraverso stradine che costeggiavano giardini privati e campi di girasoli.

Lo zio di Cédric, che gestiva il bar principale del paese, offrì loro una bibita e li lasciò giocare a *pétanque*. – A mezzogiorno arriveranno i giocatori *veri* – avvertì. – Conoscete le regole: niente chiasso, niente buche e sgomberare per tempo senza fare storie.

Una gara di *pétanque* era per Mathieu un'ottima notizia. Da zia Hélène c'era una pista di *pétanque* sul retro della casa, dove zio Armand e i suoi amici disputavano interminabili partite estive con tanto di discussioni accesissime che terminavano immancabilmente davanti a un vassoio di pane e camembert. E qualche volta avevano coinvolto anche Mathieu, che aveva un innegabile talento. Quella era forse l'unica attività in cui poteva sfidare i gemelli e batterli.

– Come te la cavi con le bocce? – chiese Marcel.

– Piuttosto bene – rispose Mathieu con la testa alta e la voce ferma.

Sophie si considerava la miglior giocatrice di *pétanque* dell'intera regione, se solo gli adulti le avessero dato modo di dimostrarlo. – Non vedo l'ora di stracciarvi – disse. – Però sbrighiamoci. A mezzogiorno arriveranno gli altri e ci faranno sloggiare.

– Mathieu sta in squadra con me – disse Marcel.

– Allora ti becchi Guillaume – ribatté Sophie.

– Se mi becco Guillaume, tu ti prendi Patrick.

– Guardate che io sono bravo! – piagnucolò Patrick.

– Allora io con chi gioco? – chiese Bernard.

– Le squadre le decido io – tagliò corto Cédric.

Dopo qualche tiro mediocre dovuto alla sua cronica timidezza, Mathieu si concentrò e ne azzeccò parecchi. Quasi subito divenne una sfida tra lui e Sophie.

Fu una delle mattinate più divertenti della sua vita. Mathieu vinse, e Sophie non gli portò rancore: anzi, mentre marciavano affamati verso l'*Hotel du Calvaire*, gli sorrise un paio di volte, e in entrambe le occasioni Mathieu diventò rosso.

TRE

Pranzarono tutti insieme attorno al tavolo che Madame Claire aveva preparato per loro nel giardino sul retro, sotto un pergolato di glicine: una grossa bistecca a testa e una montagna di croccanti patatine che fu spianata in pochi minuti. In attesa della torta, si aprirono discussioni sulle attività del pomeriggio.

«Speriamo che non decidano di giocare a pallone o a pallavolo...» pregava Mathieu.

Ma, a sorpresa, Cédric propose nascondino.

– Nascondino? – disse Sophie con una smorfia. – È roba da bambini piccoli!

– Lo dici tu! Sto studiando per diventare una spia, – spiegò Cédric – e voglio esercitarmi nelle tecniche di pedinamento e inseguimento.

– Ah be', allora io ci sto – rispose Marcel. – Quello della spia è un gran bel mestiere.

– Che cos'è il pedinamento? – chiese Bernard.

– Io… – esordì Mathieu. Stava per obiettare che, a parte le statue e i calvari che si era sorbito il giorno prima, lui la zona non la conosceva per niente, e per giunta non possedeva il minimo senso di orientamento. Una volta si era perso nella sua stessa scuola lungo il tragitto tra l'aula e la palestra.

– Scommetto che vuoi un'altra fetta di torta – lo anticipò Sophie con un sorriso.

– Sì… è davvero deliziosa – arrossì Mathieu. E si rassegnò all'idea di nascondersi sotto il tavolo o di perdersi nei boschi bretoni.

Spazzolata la torta, Cédric esaminò la zona a passo lento, poi indicò un tiglio poco lontano. – Mi metterò proprio lì, e conterò fino a… mmm… cinquanta. Sì, mi pare un tempo ragionevole. Poi verrò a scovarvi, ovunque voi siate! – concluse sogghignando.

Come al solito doveva essersi distratto, perché in un attimo fu solo. Udiva la voce nasale di Cédric che contava, la faccia appoggiata all'albero. – Uno, due, tre, quattro...

Mathieu sussultò: se non si fosse concentrato, Cédric l'avrebbe trovato lì dietro, imbambolato come spesso gli capitava, pronto a incassare battutine. Si guardò intorno: gli altri erano letteralmente scomparsi. Perfino il goffo Bernard sembrava essersi volatilizzato. Afferrato il suo zaino dalla sedia, Mathieu fece il giro dell'edificio e si ritrovò in un altro piccolo cortile delimitato da uno steccato. Lì trovò Madame Claire, seduta su una poltroncina di vimini, e la cameriera con i capelli rossi, che stava lucidando dei grossi vassoi: chiacchieravano fitto e neanche lo videro.

Non c'era nessun posto in cui nascondersi, da quella parte. Anche se... Guardando meglio, Mathieu si accorse che, su un lato, lo steccato del cortile

non era del tutto chiuso. Una specie di stradina ricoperta di ghiaia partiva da lì diretta chissà dove. La imboccò e si mise a correre: Cédric doveva aver quasi terminato la conta e c'era da sperare che non si dirigesse proprio da quella parte. Ultimo quasi in tutto da che si ricordava, non voleva essere trovato per primo. Gli sarebbe piaciuto, anzi, bissare la vittoria a *pétanque* e arrossire di nuovo a un complimento di Sophie. La nipote di Madame Claire era molto più carina della sua amica Sabrine, e decisamente più gentile.

Ora il sentiero si era fatto più stretto e sotto i piedi non c'era più ghiaia, ma solo erba morbida. Forse quel grigio laggiù che si intravedeva tra gli alberi era il vecchio lavatoio... anche se poteva essere qualsiasi altra cosa. Accidenti. Era solo a un centinaio di metri dall'*Hotel du Calvaire* e si era già perso.

Il cuore prese a battergli forte, un po' per la corsa, un po' per la paura: e se non fosse riuscito a tornare indietro? Poi gli venne in mente un pensiero rassicurante: «Sarà Cédric a trovarmi!». E corse ancora più veloce. Gli arrivò alle orecchie il rumore del fiume, e poco dopo scorse la parete di legno del capannone delle barche. Doveva aver fatto un'altra strada, ma la costruzione era quella. Eppure qualche ora prima le assi di legno non gli erano sembrate così consunte, e la porta... la ricordava verde scuro, non marrone.

Improvvisamente il cielo si oscurò: enormi nuvoloni color piombo coprirono il sole e la temperatura calò di colpo.

Mathieu rabbrividì e provò la tentazione fortissima di tornare indietro.

In quel momento, la porta della baracca si aprì con un rumore simile a uno schiocco e spuntò una testa.

– Vieni dentro! Non vedi che sta per scatenarsi un temporale?

Mathieu sobbalzò, poi si diede del vigliacco. Ad aver parlato non era che un ragazzo, forse di un anno più grande di lui. E allora perché una vocina interiore gli suggeriva di mettersi a correre più veloce che poteva *lontano da lì*?

Un lampo attraversò l'aria e Mathieu udì un grido disperato.

Chi aveva urlato? Poco dopo arrivò il rombo assordante di un tuono e una violenta raffica di vento lo aggredì alle spalle.

– Su, sbrigati! Vuoi farti portare via?

Mathieu entrò e il ragazzo chiuse la porta dietro di sé.

Appena fu entrato, Mathieu si rese conto di non essere mai stato in quel posto.

Il capannone in cui qualche ora prima lui e gli altri avevano scelto le barchette per la regata nel ruscello era molto più piccolo. Ricordava soltanto tre o quattro barche dipinte di fresco, l'armadio dei modellini, una pila di vasi di terracotta contro cui era quasi andato a sbattere, e un ordine meticoloso. Lì dentro, invece, c'erano almeno nove o dieci grosse barche e il pavimento in terra battuta era ingombro di cassette di legno e attrezzi da pesca. E poi era tutto molto più sporco e disordinato:

le cataste di reti e di galleggianti emanavano un fortissimo odore di marcio, tanto che gli venne un po' di nausea.

– Come ti chiami?

Mathieu sussultò. Il ragazzo gli stava addosso e istintivamente Mathieu indietreggiò: qualcosa di impalpabile lo aveva avvolto in un abbraccio gelido e brutale.

– Mi... chiamo... Mathieu.

– Io sono Lucien.

– Ah. Noi stavamo giocando a...

– È che io di giocare mi sono scocciato. È roba da mocciosi – lo interruppe stizzito il ragazzo. – Però non ti ho mai visto prima. Sei il cugino di Jacques? Quello che abita a Nantes?

Mathieu cominciò impercettibilmente a tremare. Era come se nella baracca soffiasse una corrente gelata che quasi gli impediva di muoversi. E poi quel Lucien era strano: si muoveva a scatti, sembrava incapace di stare fermo e gli puntava addosso gli occhi come se lo accusasse di qualcosa. Inoltre, era a piedi nudi.

– Non conosco questo Jacques… – mormorò. – Io… ero insieme a Marcel, Cédric, Sophie…

– Mia madre si chiama Sophie – disse l'altro scuotendo la testa. – Lei insiste con quella storia dell'andare a scuola, ma io non resisto tutte quelle ore seduto al banco. E come se non bastasse, il maestro ce l'ha con me: «Lucien fa' questo, Lucien fa' quello!». Sempre a darmi ordini, ma io gli ordini non li sopporto. Tu invece mi sembri il classico cocco dei maestri, vero? –. E di nuovo lo fissò con sguardo accusatorio.

– Non saprei… –. Mathieu faticava a star dietro a tutte quelle frasi che saltavano come rane. «Devo andarmene da qui» pensò.

Un lampo si infilò tra le assi sconnesse e illuminò la baracca. Stavolta Mathieu capì da dove proveniva l'urlo che aveva udito poco prima: Lucien lanciò un grido acutissimo, si prese la testa fra le mani e corse a rannicchiarsi su un mucchio di reti da pesca. Quando il tuono non fu più che un'eco, si rimise in piedi e gli si parò nuovamente davanti, come se nulla fosse.

– Ehi, Mathieu! Voglio farti vedere una cosa –. Si frugò nella giacchetta e tirò fuori un sacchetto di cuoio da cui uscì un leggero tintinnio di vetro. – Biglie! Un pugno di bellissime biglie nuove! E le ho comprate con i miei soldi! – esclamò orgoglioso.

– Davvero?

– Non mi chiedi come ho fatto a guadagnarmi il denaro?

– Sì, certo… Come hai fatto…?

– Ieri mattina, invece di andare a scuola, ho aiutato il vecchio Titus a scaricare il pesce, a pulire la barca e a riparare le reti. Titus dice che sono bravo a riparare le reti. Non sono ancora molto preciso, ma ho talento. Così ha detto il vecchio. Tu hai talento? –. Poi, senza aspettare la risposta, Lucien si allontanò.

Mathieu respirò a fondo e cercò di concentrarsi. Era evidente che a quel Lucien, oltre alle scarpe, mancava qualche rotella. Il capannone era scosso da un vento furioso e sembrava sul punto di sollevarsi dal suolo. «Devo fare qualcosa!» Sicuramente gli altri avevano smesso di giocare a nascondino da

un pezzo. Forse erano già tutti nella sala da pranzo dell'*Hotel du Calvaire* a spazzolare qualcosa di delizioso: Madame Claire non aveva promesso una fantastica merenda? E intanto lui se ne stava in compagnia di quello svitato, a tremare come una foglia e ad aspettare chissà cosa. Doveva andarsene di lì e ritrovare la strada.

Strinse gli occhi e cercò Lucien: stava frugando in un angolo buio della baracca, la schiena rivolta verso di lui. Mathieu notò che da quando il ragazzo si era allontanato di qualche metro, l'ansia che lo immobilizzava era un po' diminuita. Indietreggiò di qualche passo e si voltò: la porta era chiusa da una catena. Arrugginita, ma decisamente robusta.

CINQUE

– Be', che fai lì impalato?

Mentre Mathieu salutava con sgomento l'unica via di uscita, Lucien si era materializzato accanto a lui. Il gelo lo avvolse, di nuovo.

– Hai messo tu quella catena alla porta?

– In persona! – sogghignò Lucien. – Siamo solo io e te, qui dentro. E se non l'hai messa tu...

– Ma... perché?

– In zona ci sono ragazzi che non mi piacciono. E io non piaccio a loro, soprattutto da quando si sono accorti che... –. Fece ondeggiare in aria il sacchetto di cuoio e lasciò la frase a metà. – Così non

potranno entrare! – concluse trionfante battendosi una mano sulla tasca dei pantaloni.

Mathieu cercò di calmarsi, anche se, tra i sibili del vento, riusciva quasi a sentire i battiti del suo cuore.

– Ehm... come si apre?

– Oh, è semplice! Basta infilare la chiave.

– Puoi darmela, per favore? Adesso devo proprio andare.

– Vuoi andartene? – ribatté il ragazzo scalzo facendosi ancora più vicino. – Vuoi andartene? – ripeté urlando.

– Mi... mi... aspettano in albergo e saranno sicuramente preoccupati – balbettò Mathieu. Non riusciva a smettere di tremare.

– Chi vuoi che si preoccupi di noi ragazzi? – sbottò Lucien. – Basta che non combiniamo disastri e non stiamo troppo fra i piedi, e nessuno pensa a noi. Io queste cose *le so*.

Aveva gli occhi lucidi e incavati, come se una febbre lo bruciasse dall'interno. Stava addosso a Mathieu, a pochi centimetri dalla sua faccia, e faceva dondolare il sacchetto. *Ti-tic ti-tic ti-tic*...

Di colpo, si stancò di quel giochino: fece un passo indietro e attaccò a canticchiare un motivetto.

Mathieu lo riconobbe subito e un brivido gli partì dalla base del collo e corse giù per la schiena. *Allodola, gentile allodola, ti spiumerò la testa e le ali*... Era la canzoncina che aveva sentito tante volte da piccolo e che si concludeva con lo spennamento totale del tenero uccellino: quando un sensibile Mathieu di cinque anni aveva finalmente compreso il destino della sfortunata allodola era scoppiato a piangere.

«Non la voglio più cantare, quell'orribile canzone!» aveva detto a nonna Mariette.

«Hai ragione, piccolo mio, è davvero una filastrocca spaventosa» aveva risposto comprensiva la nonna.

E da allora, fino a quel momento, era miracolosamente riuscito a non sentirla più. Per certi versi, il volo disperato della gentile allodola verso il suo terribile destino di nudità gli sembrava la

colonna sonora perfetta per quella situazione. Sarebbe finito anche lui così, spiumato da capo a piedi, senza neppure un paio di ali per tentare la fuga.

– Dove sei finito?

– Un bel gioco dura poco…

– Avanti, vieni fuori, se hai coraggio!

Voci di ragazzi all'esterno della baracca. Mathieu respirò: finalmente Cédric e gli altri l'avevano trovato!

– Credo siano i miei ami… – iniziò a dire. Ma non riuscì a finire la frase: Lucien si era buttato contro di lui e l'aveva scaraventato sulle reti.

– Lasciami! – gridò.

Il ragazzo gli mise le mani intorno al collo. – Zitto! Vuoi che ci scoprano?

– Lasciami… – trovò la forza di mormorare di nuovo.

Non era solo il male che la stretta di Lucien gli procurava. E neppure la terribile sensazione del respiro che si faceva sempre più corto. Era il contatto con le dita di Lucien. Non appena lui lo toccò, Mathieu pensò di morire: gli parve che una tristezza indicibile gli si riversasse addosso come una marea, o piuttosto come se lui stesso ci nuotasse dentro, sempre più in profondità.

– Mi stanno cercando – supplicò Mathieu.

– No, stanno cercando *me* – ribatté Lucien ansimando. – O fai parte anche tu della combriccola?

– Dove si è cacciato quel ladruncolo? – domandò qualcuno da fuori.

– Non può essere lontano! – aggiunse qualcun altro.

– C'è troppo vento. Io torno indietro. Cyprien, se tu vuoi continuare a cercarlo, fallo da solo…

– No, vengo con te. Tanto lo beccheremo, prima o poi.

«Morirò» fu l'unico pensiero che Mathieu riuscì a formulare.

– Non hai scampo, Lucien! – si sentì gridare ancora da fuori.

Poi uno scalpiccio, come di passi in corsa, e più nulla.

– Se ne sono andati, finalmente! – esclamò Lucien alzandosi in piedi.

Non appena le sue mani lasciarono la presa, Mathieu respirò, e insieme all'aria sentì tornare un po' di energia.

– Rimettiamoci al lavoro! Perché non mi dai una mano con queste reti? – domandò Lucien. Adesso sorrideva di nuovo e saltellava su un piede solo. Il sacchetto di cuoio era scomparso.

– Io... sì, certo. Le reti –. L'unica cosa che Mathieu poteva fare era assecondarlo e prendere tempo, anche se l'idea di cacciare le mani in quell'ammasso umido e maleodorante non gli andava per niente. L'importante era tenersi il più lontano possibile da Lucien. Vicino a lui, ne era certo, sarebbe nuovamente affondato.

– In quel mucchio laggiù ci sono le reti rotte – stava dicendo il ragazzo scalzo. – Se le ripariamo ci facciamo un bel po' di soldi. Non so ancora cosa mi comprerò. Sono talmente tante le cose che vorrei... Dove si sono cacciati gli aghi? –. Frugò in una cassa piena zeppa di attrezzi e ne

trasse fuori delle bacchette di legno piatte e bucate.
– Ah, eccoli qua. Quando avremo finito, il vecchio Titus rimarrà a bocca aperta. Sai, mi ha detto che ho talento, e lui non è certo tipo da lodare chiunque: «Non sei ancora abbastanza preciso, ma hai talento!». Non come quel damerino di Jacques, che si dà un mucchio di arie solo perché suo padre è il medico condotto e abita in una villa con una vasca da bagno grande come casa mia... Almeno, questo è quello che racconta lui, perché io non ci sono mai stato. Si presenta a scuola tutte le mattine con i suoi bei vestiti stirati e il collettino bianco... E i suoi quaderni sono così ordinati, così perfetti. «Braaavo, Jacques!» – cantilenò Lucien in quella che doveva essere l'imitazione del maestro. – Bravo un accidenti! – aggiunse poi. – Scommetto che il signorino non sa nemmeno da dove si comincia a riparare una rete... Lui e le sue biglie nuove!

Altro fulmine, altro rombo di tuono, altro urlo: ancora una volta Lucien si zittì terrorizzato e si raggomitolò sul pavimento, finalmente immobile, occhi chiusi e mani sulle orecchie.

Mathieu si sforzò di pensare, ma le uniche frasi che il suo cervello riuscì a formulare furono: «Sono prigioniero in questa baracca in compagnia di un ragazzo pericoloso. Nessuno sa dove mi trovo, quindi nessuno verrà a liberarmi». Ora, infatti, all'idea che Cédric nelle sue esercitazioni di spionaggio arrivasse fin lì a salvarlo, non credeva più.

– *Io ti spiumerò la testa, le ali e il becco... Allodola, gentile allodola...* – cominciò a canticchiare Lucien chino sul mucchio di reti.

«Non mi lascerà mai andare via...» pensò Mathieu.

Le reti puzzavano terribilmente, ma Lucien sembrava non accorgersene. Chino su una catasta, le alzava e le spostava, sollevando nuvolette di polvere fetida con la solita canzoncina tra i denti.

Fra un brivido e l'altro, Mathieu cercava di reprimere la nausea e la paura.

– Be', che fai lì piantato? Non credere che ti darò metà del ricavato, se il lavoro lo faccio tutto da solo! – ringhiò Lucien.

– Io... non sono capace di riparare le reti da pesca...

– Pazienza, neanche ci speravo. Somigli parecchio a quello spocchioso di Jacques, adesso che ci penso. Vorrà dire che le riparazioni le farò io. Tu mi darai solo una mano a dividere le reti, e naturalmente io mi beccherò più soldi.

– D'accordo – mormorò Mathieu.

– Affare fatto! – esclamò l'altro con un sorriso che metteva i brividi.

Vincendo il disgusto, Mathieu afferrò una rete, mentre Lucien ne stendeva un'altra sul pavimento. Doveva riuscire a impadronirsi della chiave, ben nascosta nella tasca dei pantaloni di Lucien. Ma l'ipotesi di convincerlo a consegnargliela non gli sembrava praticabile, e quella di saltargli al collo e prenderla con la forza ancora meno.

– Acc... Qui è pieno d'acqua! – borbottò Mathieu. Poi si zittì: sul fondo della rimessa, una delle assi della parete si era staccata quasi del tutto. Non entrava luce, perché le reti ammucchiate la coprivano e la sostenevano, ma se fosse riuscito a toglierle, forse avrebbe potuto scostarla e infilarsi... Per una volta, la sua bassa statura e la sua taglia mingherlina rappresentavano un vantaggio.

«I gemelli non ci passerebbero di sicuro» pensò assurdamente con un pizzico di soddisfazione. Si spostò senza far rumore: l'asse sconnessa era la sua unica possibilità, e doveva fare in modo che Lucien non puntasse lo sguardo in quella direzione.

– Ehi, Mathieu! Di dove sei?

– Io… ecco… abito poco fuori Parigi…

– Parigi? E che ci fa uno di Parigi da queste parti?

– Io… non sto esattamente a Parigi – si giustificò Mathieu. Per qualche strano motivo, sembrava che il fatto di essere parigino equivalesse per Lucien a una colpa gravissima. – Sono in vacanza con i miei genitori…

Ma Lucien non stava più ascoltando. – Questa si ripara senza problemi! – esultò allargando un'altra rete da pesca sul pavimento. – Devo metterla ben stesa e poi sedermi. Portami quella cesta lì vicino. Svuotala, svelto, non farti dire tutto! Sei piuttosto tardo, eh? Sembri quel tale che lavora giù al porto, come si chiama? Un nome doppio, mi pare… Jean Luc o Jean Claude… Hai presente di chi parlo? Quello che passa le giornate a guardare il cielo per capire se sarà sereno o pioverà... E mai una volta che ci azzecchi!

Lucien aveva ripreso i suoi discorsi saltellanti. Mathieu si rassegnò: provare a farlo ragionare era impossibile.

– Quasi quasi mi comprerò un cartoccio di biscotti ricoperti di zucchero. Un cartoccio bello grande. E stavolta non mi farò imbrogliare da Madame Jobert. Di lei non c'è da fidarsi, questo si sa: se ne sta lì seduta dietro il bancone con i sacchetti tutti ordinati, pieni di merce fresca, ma se non stai attento, pesca di nascosto da certe scatole sotto il banco, dove ha la roba vecchia. La terrò d'occhio e le dirò: «Quei suoi dolci duri come pietre li conservi per qualcuno più tonto di me, Madame Jobert...».

Mamma, quanto parlava! Finalmente un lampo luminosissimo lo zittì. Lucien lasciò cadere la rete, chiuse gli occhi e si raggomitolò sul pavimento stringendosi la testa fra le mani.

Tuono, canzoncina dell'allodola senza piume e poi di nuovo la calma.

– Maledetto temporale – borbottò il ragazzo scalzo ricominciando a trafficare con le reti.

Mathieu notò che teneva le mani ben nascoste sotto quella matassa maleodorante. Ai suoi piedi, stavano gli aghi di legno simili a bastoncini dello Shanghai, inutilizzati. Mathieu strizzò gli occhi e lo osservò per qualche istante, nonostante la luce che filtrava da sotto la porta fosse debolissima. Qualcosa cadde sul pavimento con un *plop*. E a un tratto capì: Lucien non stava affatto riparando le reti. Con movimenti rapidi e furtivi, stava intrecciando una corda sottile. Lo avrebbe afferrato, con quelle dita lunghe e gelide, e lui non avrebbe trovato la forza di reagire. Infine lo avrebbe legato e... Mathieu non ebbe il tempo di immaginare altro.

– Lucieeen! – urlò una voce rabbiosa da fuori.

Il ragazzo si alzò di scatto. – È la voce di mio padre!

– Lucieeen! Dove ti sei cacciato, piccolo delinquente?

Mathieu corse verso la porta, ma Lucien fu più

svelto di lui. – Non muoverti! – gli sibilò in un orecchio. – Troverà il capannone chiuso e ci lascerà in pace.

– Ma…

– Sta' zitto! – bisbigliò Lucien piazzandogli una mano sulla bocca.

Le sue dita puzzavano tremendamente e Mathieu soffocò a stento un conato di vomito.

– Se restiamo in silenzio, non ci scoprirà.

Mathieu gemette: quello era *esattamente* ciò che temeva. Cercò di divincolarsi, mentre il freddo cominciava a insinuarsi sotto la pelle, ma Lucien era molto più forte e lui era sempre più debole.

Qualcuno dall'esterno scrollò violentemente la porta: l'intera baracca scricchiolò e sembrò sul punto di crollare, ma la catena resistette. – Quando ti becco, piccolo mascalzone…

Se solo fosse riuscito a farsi sentire! Provò di nuovo a sfuggire alla presa di Lucien, ma fu inutile. Bastò quella manciata di secondi perché Mathieu si ritrovasse in un abisso che succhiava via i pensieri positivi.

«Non uscirò mai di qui.» Ma l'angoscia era così profonda che neppure la morte faceva paura.

– Lucieeen! Lucieeen!

La voce si stava allontanando: ne arrivò un'eco lontana, poi restò solo il rumore della pioggia sul tetto e il battito del suo cuore. Nessuno sarebbe più venuto a cercarli.

In quel momento Lucien gli tolse la mano dalla bocca e il sangue cominciò a rifluire.

SETTE

La pioggia aveva smesso di cadere e l'aria si era fatta rovente.

Lucien era nuovamente all'opera. Le dita si muovevano agili e veloci, e forse su quel suo talento il ragazzo non aveva mentito: sul pavimento, la corda accanto a lui pareva un serpente avvolto nelle sue spire. Mathieu sapeva di non avere più molto tempo. Pian piano, cercando di non attirare l'attenzione di Lucien, si affannava a creare un varco nelle reti, proprio in corrispondenza dell'asse ballerina.

– Vuoi conoscere un segreto? – gli gridò il ragazzo scalzo senza alzare la testa.

– Sì, ti ascolto.

– Prometti di non dirlo a nessuno?

– Certo. So mantenere un segreto –. «Fallo parlare, fallo parlare, e non irritarlo» si ripeteva Mathieu. Lavorava nella penombra, e ormai non mancava molto.

– Ti faccio vedere una cosa!

Mathieu sobbalzò: era meglio che Lucien non venisse da quella parte. Una lama di luce, sottile e pericolosa, già illuminava il fondo della baracca, così si mosse lui. – Eccomi. Cosa volevi mostrarmi?

Lucien si frugò nella giacchetta impataccata e tirò fuori il sacchetto. – Fermati lì! Non ti avvicinare troppo. Non mi fido di quelli di Parigi, io!

Mathieu si bloccò con un sospiro di sollievo.

Lucien aprì il sacchetto e si fece cadere in mano cinque biglie di vetro lucide e variopinte, come piccoli arcobaleni. – Sono bellissime, vero?

– Sì, belle. Non ne avevo mai viste.

– Mmm… sul serio? A Parigi non giocate con le biglie? Peggio per voi. E comunque non era questo il segreto.

– Ah no?

– Il fatto è che non le ho proprio *comprate*.

A poco a poco, indietreggiando, Mathieu era tornato al lavoro. – Avevi detto che il vecchio Titus...

– Be', non era vero. A te non capita mai di dire qualche bugia? – gridò Lucien. – Sei uno spione, per caso?

Sembrava di nuovo molto irritato, mentre quello che Mathieu voleva era distrarlo, non ritrovarselo a due centimetri dal naso. – Bugie? Certo, come no. Tutti quelli della nostra età raccontano bugie. Io per esempio...

Lucien, però, non era affatto interessato alla vita di Mathieu. – Titus non è che un vecchio taccagno. «Bravo, Lucien! Grazie dell'aiuto, Lucien! Eccoti un soldino per il tuo lavoro, Lucien!» Che ci compro io con una monetina? E poi qui non le vendono biglie belle come queste. Quel damerino di Jacques le mostrava a tutti, e come si pavoneggiava! «Me le ha portate mio padre da Nantes!» – ripeté cantilenando. – Mio padre a Nantes non ci ha mai messo piede. Ti pare giusto?

– No… Certo che no –. Ormai mancava pochissimo al traguardo.

– Mentre il maestro scriveva gli esercizi alla lavagna, con tutti quei numeri lunghi che non si capisce niente, mi sono detto: «Tempo perso, Lucien!». Mi sono alzato e sono scivolato via. Passando, ho visto la giacchetta di Jacques con il bordino di velluto sul colletto. Dalla tasca spuntava il cordone del sacchetto… Era proprio lì, a portata di mano. Sembrava mi dicesse: «Lucieeen, portami via! Ci divertiremo insieme…».

«Ecco perché non vuole farsi trovare.»

– Sono sicuro che quel riccone di Jacques non meritava quelle bellissime biglie… – commentò Mathieu cercando di ingraziarsi Lucien.

– È quello che ho pensato anch'io! E poi lui può averne quante vuole. Già che c'ero, ho preso anche il panino di Gabriel. Suo padre ha un forno, figuriamoci! E lo rimpinza di roba, che neanche ci sta più seduto al banco. A proposito, mi è venuta una certa fame… Ma non pensare che faccia a metà del panino, eh?

– No, grazie, io… non ho appetito.

– Meglio per me! – sogghignò Lucien frugandosi in tasca. – Accidenti, guarda come si è ridotto! È diventato molliccio… e sa pure di pesce marcio. Sempre sfortunato, il povero Lucien!

Mathieu chiuse gli occhi: ecco l'occasione che aspettava! Anche lui quella mattina aveva rubato qualcosa… Respirò a fondo e con voce ferma gli gridò: – Se hai ancora fame, io ho due croissant. Sono nel mio zaino, laggiù, accanto alla porta. Puoi prenderli.

Lucien scattò come una molla. – Che cosa vuoi in cambio? Non pensare che io sia disposto a darti le mie biglie!

– Non voglio niente, prendili pure. Sono avvolti nella carta. Prima però pulisciti le mani, altrimenti bagnerai anche quelli. Nel mio zaino c'è anche un asciugamano… – disse Mathieu. E intanto ringraziava mentalmente quella pignola di sua madre che lo costringeva a viaggiare con salvietta e sapone.

Lucien si avviò verso la porta. – Ecco qua. Ah, un vero asciugamano di spugna. E una saponetta profumata. Sei peggio di Jacques! Mmm, sento già l'odore dei croissant…

Mathieu, intanto, aveva liberato l'asse e stava provando a fare forza. Perché non si muoveva? Qualcosa faceva resistenza. Un chiodo. Un maledetto chiodo.

– Che meraviglia! Meglio di quelli del padre di Gabriel… e dentro c'è pure la marmellata!

Doveva tirare con tutte le sue forze, pazienza se avrebbe fatto rumore: era la sua unica occasione.

«Forza, Mathieu! Un colpo secco…»

Prese fiato. Uno, due… tre!

L'asse gli cadde addosso.

Ansimando, Mathieu si alzò e si lanciò nel pertugio.

Un attimo dopo sentì la mano gelida di Lucien sulla caviglia e con la coda dell'occhio intravide il grosso rotolo di corda con un piccolo cappio all'estremità.

– Sta' fermo! – urlò Lucien. – Non puoi resistermi, damerino!

Mathieu si spinse ancora in avanti, ma la maglietta si impigliò in uno spuntone di legno. Diede uno strattone e percepì un bruciore al braccio. Lucien, da dentro, non mollava la presa. Raccolse tutte le sue forze e scalciò violentemente. Lucien urlò dal dolore, e finalmente Mathieu sentì il vento sulla faccia: era fuori!

– Ehi, torna qui! – gridò Lucien alle sue spalle. – Avevo dei progetti su di te! Sei uno sporco traditore... Come tutti gli altri...

Mathieu cominciò a correre nell'aria secca e carica di elettricità.

«Devo allontanarmi il più possibile...»

In quel momento, un fulmine alto come una montagna illuminò il cielo e un bagliore si accese alle sue spalle. Qualche istante più tardi gli arrivò alle narici puzza di legno bruciato.

Mathieu non aveva la minima idea di dove fosse. Il vento si era calmato e l'aria era di nuovo tiepida. Puzzava di pesce marcio dalla testa alle scarpe, e il braccio sinistro gli bruciava terribilmente. Si toccò e notò che la mano era sporca di sangue. Ma cos'era un piccolo graffio al confronto di quello che aveva rischiato?

Meglio comunque chiedere a Madame Claire un disinfettante e un cerotto, far sparire la maglietta strappata e sperare che sua madre non si accorgesse di nulla. Anche se al momento il problema da risolvere era un altro: tornare indietro. Già, ma dove?

Mathieu si guardò intorno. Il vecchio capannone era scomparso.

Mosse qualche passo e, a mano a mano che avanzava, la paura lo abbandonava. Però era strano: con la tempesta che si era scatenata poco prima, si sarebbe aspettato di trovare rami spezzati e foglie ovunque. Invece tutto era ordinato, e l'erba sotto le suole era morbida, proprio come quella mattina.

Avanzò ancora, e finalmente il sentiero si trasformò nel viottolo di ghiaia che aveva imboccato nel cortile dell'*Hotel du Calvaire*.

Qualcuno gli appoggiò una mano sulla spalla.

– Non ti sei allontanato molto...

– Lasciami stare! – urlò Mathieu.

– Be', che ti prende? Sei impazzito? – chiese la voce inconfondibile di Cédric.

– Ah, sei tu...

– E chi dovrei essere, l'Uomo Nero? – lo canzonò Cédric. – Comunque, sta' tranquillo. Non sei il primo. Ho già trovato Patrick. Quello sciocco era in sala da pranzo, sotto il tavolo accanto alla porta. Ho trovato anche Guillaume. Furbo, quello! Si era

nascosto nella cassapanca dell'ingresso. Però aveva lasciato il coperchio socchiuso e siccome io sono più furbo di lui... Ma... puzzi di pesce! –. Il figlio del sindaco si scostò disgustato. – Dove ti sei cacciato?

– C'era... ecco... una vecchia barca rovesciata...

– Non dirmi che ti sei nascosto là sotto! Un ottimo nascondiglio, davvero. Non credo che ti avrei trovato. Ma scommetto che non resistevi più!

– Già, troppa puzza... Quindi sono il terzo? – chiese Mathieu, sforzandosi di recuperare un tono normale.

– Il terzo, sì. Mancano ancora Marcel, Bernard e Sophie. Ero certo che Bernard sarebbe stato il primo. Marcel... Be', lui è parecchio in gamba. So già che Sophie sarà l'ultima. Sempre che io riesca a trovarla: quella è davvero forte, niente da dire. Se ti va, possiamo cercarli insieme.

– Grazie. Ma non conosco per niente la zona e...

– Ehi! Che ti sei fatto al braccio? Sanguini!

Cédric aveva ragione. Trovarono Marcel rintanato nel piccolo sgabuzzino degli attrezzi sul retro dell'hotel e Bernard nella toilette del piano terra.

– Non mi stavo nascondendo. È solo che mi scappava la pipì – spiegò.

Poi si misero tutti insieme a cercare Sophie: salirono al primo piano, e anche al secondo e al terzo, infine entrarono nella grande cucina dove Madame Claire stava mescolando qualcosa di profumato.

– Via via, fuori! Come vi viene in mente di invadere il mio regno? – gridò lei agitando un lungo cucchiaio di legno.

– Sophie si è nascosta qui? – osò chiedere Cédric.

– Oh, questa è bella! E dove? Nella ghiacciaia, magari? O dentro il forno? Sciò, sciò, aspettate fuori. Fra qualche minuto vi porterò la merenda.

I ragazzi andarono a sedersi al tavolo sotto il glicine, accaldati e stanchi.

– Dov'è finita tua sorella? – domandò Cédric a Guillaume.

– E che ne so? Mica mi ha rivelato il suo nascondiglio!

Marcel sghignazzò. – Con lei la tua abilità di spia non è servita a molto.

– Be', vorrà dire che si perderà la merenda – rispose irritato Cédric.

– Non credo proprio! – esclamò Sophie comparendo come per magia, per nulla affaticata, la coda di cavallo ben pettinata e i vestiti in ordine.

– Dove ti eri nascosta? – chiese Cédric cercando di simulare indifferenza.

– Andiamo, Cédric, non sono mica così sciocca! Può sempre tornarmi utile la prossima volta! E poi è un rifugio comodissimo...

La cameriera con i capelli rossi mise al centro del tavolo un vassoio colmo di meravigliosi dolcetti al cioccolato, una brocca di limonata, bicchieri e tovaglioli di carta.

Di solito a Mathieu non piaceva, la limonata. Ma quel pomeriggio la trovò squisita, e poi si era accorto di avere una sete spaventosa.

– Magari dopo ti rivelo il mio posto segreto... – gli bisbigliò Sophie in un orecchio.

Mathieu diventò rosso.

NOVE

Bisognava ripartire. Mathieu finì la sua colazione e andò a salutare i due ragazzi Fournier. Vederli già pronti a muoversi per un'altra giornata di giochi, avventure ed esplorazioni, gli procurava tristezza, e anche parecchia invidia, ma al tempo stesso non gli dispiaceva l'idea di mettere centinaia di chilometri fra sé e l'*Hotel du Calvaire*.

Aveva passato la notte a girarsi e rigirarsi nel letto, e sapeva che avrebbe impiegato molto tempo a dimenticare gli occhi cattivi di Lucien, i suoi discorsi senza capo né coda, quella sua rabbia che esplodeva senza motivo e la puzza di pesce marcio

della baracca. Prima dell'arrivo dei suoi genitori, era corso in camera e si era piazzato sotto la doccia per venti minuti, insaponandosi e sciacquandosi tre o quattro volte. Poi aveva lavato come poteva i pantaloni e le scarpe e aveva fatto sparire la maglietta nell'immondizia. Sua madre e suo padre non avevano fatto domande, a parte un generico «Com'è andata oggi?», cui era bastato rispondere con un altrettanto generico «Bene». Viceversa, per l'intera cena lui aveva dovuto sorbirsi un racconto dettagliato di tutta la loro giornata.

– Tornerete, il prossimo anno? – domandò Marcel.

– Non credo. I miei cambiano zona ogni estate: non hai idea di quante chiese ci siano in Francia.

– No, per fortuna no – ridacchiò Marcel. – Allora divertiti!

– Come no. Quasi quasi non vedo l'ora di tornare a scuola...

Alla parola "scuola" Marcel e Patrick schizzarono via come se fossero stati inseguiti da uno sciame di vespe infuriate. Mathieu gettò uno sguardo ai croissant rimasti sul tavolo, fu tentato di prenderne uno, poi cambiò idea e uscì sul piazzale.

– Dov'è il tuo zaino? – chiese la mamma.

– Ah, già, non ve l'ho detto: ieri mi è caduto nell'acqua e la corrente l'ha portato via prima che potessi riprenderlo.

– Potevi stare più attento! Era nuovo. Ci toccherà comprarne un altro lungo la strada... Per fortuna ho un asciugamano di riserva in valigia.

– Meno male che non hai tentato di recuperarlo. Come nuotatore non sei un granché – aggiunse suo padre.

I suoi genitori avevano lasciato per quella mattina la visita alla vecchia chiesa parrocchiale del paese, con calvario e camposanto annessi.

«Grazie del favore, ci tenevo proprio» pensò Mathieu scendendo dalla macchina.

La chiesa era una costruzione né brutta, né bella. Grigia, squadrata, con statue di angeli e santi aggrappati alla facciata. Il gigantesco gruppo del calvario era alla sua destra, una specie di baldac-

chino con i quattro lati disseminati di tetre figure in pietra annerite dai secoli: donne con il capo coperto, soldati a cavallo con lo spadone, un brutto ceffo che brandiva una clava gigantesca, in un'eterna immobile processione.

– La sua fama è decisamente meritata – commentò papà in contemplazione.

– Davvero interessante! – concordò la mamma con entusiasmo.

Mathieu alzò lo sguardo distrattamente e a malincuore dovette ammettere che quell'enorme ammasso di pietra possedeva un suo fascino: i robusti corpi dai faccioni tristi e le bocche spalancate sembravano quasi vivi, come paralizzati da un incantesimo, ma pronti a balzare giù da un momento all'altro per una passeggiata nell'erba.

– Buongiorno a voi – disse una voce dietro di loro.

Un vecchietto con la faccia grinzosa e un berretto che doveva avere circa la sua età sorrideva e li fissava, in attesa di qualcosa.

Papà intervenne: – Dica!

– Vedo che apprezzate quest'opera d'arte che è il nostro orgoglio! Mi chiedevo... vi andrebbe di visitare il cimitero? È qui accanto e ci sono tombe antichissime di pregevole fattura.

– Lei è il custode, immagino. Signor...?

– Mi chiamo Cyprien e... sì, sono una specie di custode. Ormai ho tanto tempo libero, così mi presto a fare da guida, aprire e chiudere il cancello. Non voglio soldi, eh!

L'ultima frase fu decisiva. – La seguiamo volentieri!

Mathieu alzò gli occhi al cielo. «Anche oggi pranzeremo all'ora della merenda.» Poi un pensiero lo punse come uno spillo: *Cyprien*... Aveva già sentito quello strano nome.

La monumentale tomba dei Pilotte, signorotti locali la cui famiglia si era estinta verso il 1920 o giù di lì, richiese una decina di minuti, che a Mathieu sembrarono eterni. Salutati i compianti Pilotte, andarono a porgere i loro omaggi alla badessa del convento di vattelapesca, morta a novantatré anni. Mathieu soffocò a stento uno sbadiglio e seguì il

vecchietto, che ora stava indicando una colossale croce di pietra e un angelo che la sosteneva.

– Questa splendida lastra in granito nero racchiude l'ultima dimora di un celebre professore di botanica morto alla fine dell'Ottocento...

Nel tentativo di allontanarsi, Mathieu inciampò nella piccola ringhiera di ferro che circondava il tetro sepolcro del botanico. Per non cadere, si appoggiò a una lapide lì accanto. Era povera, senza ornamenti, con una semplice incisione e la foto di un ragazzino in un ovale di ceramica.

Un brivido gli percorse la schiena.

– Mathieu, fa' attenzione! – esclamò sua madre. Poi guardò la lapide e sospirò. – Oh, povera creatura...

– Be', veramente il professore si spense a più di ottant'anni... – ribatté il custode. – Ah, parlava di Lucien! Eh, sì, oggi avrebbe esattamente la mia età.

– All'epoca non era così raro che i bambini morissero – intervenne papà in tono pedante. – Bastava una semplice influenza, una malattia infantile...

– Ha ragione, signore, ha proprio ragione. A

quei tempi non c'erano molte medicine, soprattutto per la povera gente, e non era raro che il parroco accompagnasse qui un piccolo angelo. Ma per il povero Lucien non si trattò di malattia. Quella fu una storia davvero strana...

Il padre di Mathieu si avviò lungo il sentiero. Il racconto triste di una morte prematura non lo interessava, ed era impaziente di riprendere il viaggio.

La mamma invece si bloccò, probabilmente per semplice cortesia verso l'anziano guardiano che sembrava così desideroso di parlare con qualcuno, o forse perché la promessa di una storia insolita l'aveva incuriosita davvero. – Se il signore è così gentile da raccontarcela, la ascoltiamo volentieri. Vero Mathieu?

Era l'ultima cosa di cui Mathieu aveva voglia, ma sapeva che senza il finale quella storia l'avrebbe perseguitato per troppo tempo. – Sì, certo... – mormorò.

Il vecchio guardiano si schiarì la voce e alzò un braccio, come un attore che si prepari per il suo monologo. – Era agosto, per la precisione il 21 agosto di settant'anni fa. Nelle prime ore del pomeriggio si scatenò una vera e propria tempesta elettrica, con lampi che illuminavano le strade e un vento che scoperchiava i tetti. Fu un evento meteorologico straordinario! Verso le tre del pomeriggio una tromba d'aria decapitò il campanile...

Papà intervenne da poco lontano: – Già, sì... L'abbiamo letto sulla guida.

Seccato per l'interruzione, il vecchio gli lanciò un'occhiataccia e proseguì: – Dopo la scuola, noi ragazzi eravamo andati a giocare al fiume e, quando il cielo si fece nero, corremmo a casa. Ma Lucien non era con noi... –. E qui fece una pausa a effetto. – Lo conoscevo bene, sapete? Era un tipo bizzarro, un ragazzo difficile, si direbbe oggi. Ma torniamo al 21 agosto di settant'anni fa. Quel pomeriggio, prima del temporale, stavamo cercando Lucien, perché volevamo che si unisse a noi...

Mathieu aprì la bocca. Avrebbe voluto ribattere che non era vero, che lui conosceva bene il motivo per cui avevano inseguito Lucien fin dentro il bosco, che aveva sentito le minacce urlate al suo indirizzo. Ma il vecchio si era interrotto e gli puntava addosso uno sguardo intimidatorio. Così tacque.

– Purtroppo non lo trovammo. Forse Lucien si era addormentato sotto un albero... Non lo sapremo mai. Quello che è certo è che, quando la bufera si scatenò, corse a rifugiarsi in una vecchia rimessa per le barche. Purtroppo, però, un fulmine colpì la cima di un albero lì accanto, che prese fuoco: in un attimo le fiamme si propagarono alla baracca e lui non riuscì a fuggire.

Mathieu ebbe l'impressione che l'odore acre della legna bruciata gli pizzicasse di nuovo la gola, e gli venne da tossire.

– Che storia spaventosa! – esclamò la mamma. – Noi ora dobbiamo proprio andare... –. Fece un cenno a Mathieu e si avviò.

Ma il vecchio voleva finire il suo racconto a ogni costo. – Aspettate! Perché adesso viene la parte inspiegabile. Vedete, in quel capannone noi ragazzi ci andavamo spesso, e non era mai chiuso. Non c'erano chiavi, né catenacci, e la porta non era che un paio di vecchie assi traballanti... Come Lucien sia rimasto prigioniero lì dentro resta un mistero.

– Capisco. Andiamo, Mathieu.

– Oh, signora, ma non è tutto. C'è qualcosa di infinitamente più misterioso della sua morte atroce!

La mamma sospirò. – Davvero?

– Forse non mi crederete, ma... Da allora, di tanto in tanto – disse il vecchio in tono solenne – vicino a questa povera tomba... il ragazzo si aggira inquieto.

– Oh, insomma, che discorsi fa? – gridò papà.

– E ogni volta, dopo queste apparizioni...

– Lorraine! Saluta il signore, così possiamo ripartire!

– Si è fatto davvero tardi... – mormorò la mamma visibilmente a disagio.

Il vecchio ormai si rivolgeva soltanto a Mathieu. – Ogni volta, dicevo... io ritrovo sulla pietra, proprio qui accanto, delle biglie di vetro colorato!

– Adesso basta! Andiamo, Mathieu – ordinò sua madre.

Il guardiano scosse la testa. – Buon viaggio, signori! Spero che abbiate apprezzato la visita. È stato un vero piacere...

Mathieu, con il fiato spezzato e le ginocchia molli, tentò di incamminarsi, ma il vecchio gli si era avvicinato e gli aveva afferrato il braccio. – Ragazzino, guarda qui! –. Aprì la mano. – Non è una biglia bellissima?

Finalmente Mathieu riuscì a divincolarsi.

Si erano lasciati il paese alle spalle già da un pezzo e nessuno aveva ancora pronunciato una parola.

– Quante sciocchezze! – esclamò a un tratto papà. – Dovrebbero evitare che persone così disturbate vadano in giro a impressionare i turisti!

– Già – concordò la mamma. – Davvero seccante.

– Mettersi a raccontare assurde storie di fantasmi in un cimitero! Con quella sceneggiata da attore dilettante, poi! Non che io mi sia impressionato, sia chiaro.

– No, certo che no –. La mamma abbassò la voce. – Però Mathieu mi è sembrato un po' turbato...

– Non mi pare proprio, Lorraine! Per fortuna nostro figlio è un ragazzo con i piedi saldamente appoggiati per terra. Vero, Mathieu?

Mathieu, però, aveva chiuso gli occhi e fingeva di dormire.

– Ci risiamo! – brontolò suo padre. – Nostro figlio non ha interessi...

Miei Cari
e Terrorizzati Amici,

io Vi avevo avvertito...
Sarà anche vero che la noia non ha mai ucciso nessuno, ma in questo caso ci andò molto vicino. Per quanto mi riguarda, preferisco la noia di questo desolato castello agli stupidi divertimenti dei giorni nostri, e oltretutto non ho mai capito che cosa ci trovino i ragazzini nel restare nascosti ad aspettare che qualcuno finalmente li trovi.

A proposito: dove sarà andato a ficcarsi Percy? Percy! Vieni fuori! Non ho nessuna voglia di venire a cercarti!
Ma poi, in realtà, lo faccio sempre. Anche se sono il maggiordomo del Castello della Paura, sotto sotto ho ancora un animo bambino...

E ora buonanotte, miei Temporaleschi Amici, e... fino al prossimo spavento... Incubi d'Oro.

INDICE

Chi è Anna Vivarelli?

Non entrerei mai in un castello diroccato, soprattutto se ad accogliermi ci fosse un maggiordomo dall'aria lugubre con un corvo nero come animale da compagnia.

Ma i libri sono un'altra cosa. Da ragazzina ho letto tutti i racconti di Edgar Allan Poe, inquietanti già dal titolo: *Quattro chiacchiere con una mummia*, *La maschera della morte rossa*, *La sepoltura prematura*… Mi piaceva il leggero batticuore che provavo durante la lettura, che quasi mi costringeva a trattenere il respiro fino allo scioglimento finale. Spegnevo la luce crogiolandomi nel brivido che mi era entrato sotto la pelle, sollevata di ritrovarmi al sicuro, tra le coperte, e non in un cupo palazzo in rovina o in una cella buia con una lama tagliente che mi oscillava sulla testa…

La paura letteraria è emozionante, e i giovani lettori lo sanno. Da un lato, tremi identificandoti nel povero protagonista in balia di eventi spaventosi, dall'altro però sai benissimo che la tua camera non verrà inghiottita da un gorgo abissale, né che sarai svegliato nel pieno della notte dal fantasma del trisnonno del tuo compagno di banco.

Nell'accingermi a inventare una storia da brivido, mi sono accorta che quasi tutti i racconti del terrore hanno uno sfondo notturno, ed è facile capire il perché: di notte ogni cosa sembra mutare forma, i contorni si confondono e le paure aumentano... Mi sono detta, allora, che avrei provato a raccontare l'avventura di Mathieu, che si svolge in piena estate, alla luce del sole, quando tutto è invece chiaro e luminoso: mi sembrava una bella sfida.

Spero quindi di essere riuscita a trascinarvi in un bell'incubo di metà pomeriggio...

IL CASTELLO DELLA PAURA

Una serie di paura
ambientata in un tetro castello
in cui ogni oggetto nasconde
una storia inquietante...

1. La mano di Thuluhc *di Guido Sgardoli*

I fratelli Jason scommettono che riusciranno a trascorrere una notte nella vecchia casa abbandonata ai margini della città. Dentro la villa, però, sotto una cupola di cristallo, trovano una mano bruciacchiata dalle lunghe unghie nere… A chi appartiene?

2. Un gioco pericoloso *di Anna Vivarelli*

Giocare a nascondino con i suoi nuovi amici si trasforma per Mathieu nell'esperienza più inquietante della sua vita: senza accorgersene, si ritrova in trappola dentro una vecchia rimessa per le barche, e con lui c'è uno strano ragazzino dallo sguardo spiritato…

3. Girotondo del terrore *di Alessandro Gatti*

Susie e Peter si sono appena trasferiti con la loro famiglia in una nuova, grandissima casa. Una notte, però, sopra il letto di Peter compare una botola e dalla soffitta provengono rumori strani e inquietanti. I due fratelli si armano di scala e torce e cominciano a esplorare…

4. La notte della vendetta *di Fabrizio Silei*

Che cosa c'è di peggio di un noiosissimo tour per polverosi castelli in compagnia di genitori appassionati d'arte e di una sorella che passa il tempo a leggere romanzi d'amore? Trascorrere la notte in un vecchio maniero in cui si dice si aggiri un fantasma assetato di vendetta…

Della stessa autrice puoi leggere anche:

Anna Vivarelli

L'enigma del Conte Bianco

Davide e Matthew sono ospiti a casa dei nonni di Luca, in campagna. Esplorando i boschi nei dintorni i tre amici trovano una misteriosa villa disabitata. Davanti a loro appare lo spirito del Conte Bianco, il giovane proprietario morto molto tempo prima in circostanze misteriose...

Anna Vivarelli

I fratelli Wilson e la Porta Magica

I fratelli Wilson abitano a Roma in una vecchia casa del centro storico. Un giorno, per caso, ascoltano una strana storia: parla di un'antica porta di pietra, di un misterioso alchimista e di un immenso tesoro nascosto. Ma quello che è iniziato come un gioco diventa ben presto un'avventura molto più pericolosa del previsto…

Anna Vivarelli

I fantasmi di Giulia

Quando la sua famiglia si trasferisce in campagna, Giulia si trova catapultata in un mondo lento e antico, completamente diverso dal suo. La nuova casa, poi, è una villa piena di stanze, oggetti dimenticati e... strane presenze. Alcune sono benevole, ma c'è anche un'entità malvagia, che minaccia la vita di Giulia...

Anna Vivarelli

Pensa che ti ripensa

Cosa vuol dire essere amici di qualcuno? È giusto o sbagliato buttare le cartacce per terra? È possibile accettare che muoia qualcuno a cui vogliamo bene? Affidandosi ai pensatori del passato, Anna Vivarelli ci spinge a riflettere su grandi temi… prendendola con filosofia!